또 다른

시선으로

또 다른 시선으로

발행일	2017년 6월 30일
지은이	박 종 학
펴낸이	고 옥 귀
펴낸곳	방촌문학사
편집인	최상만
출판등록	2015. 9. 16(제419-2015-000015호)
주소	강원도 원주시 소초면 교항공산길 21-10
전화번호	(033)732-2638
이메일	dhdpsm@hanmail.net
인쇄 및 제작	(주)북랩

ISBN   979-11-956531-8-8 03810 (종이책) 979-11-956531-9-5 05810 (전자책)

이 도서의 국립중앙도서관 출판예정도서목록(CIP)은 서지정보유통지원시스템 홈페이지(http://seoji.
nl.go.kr)와 국가자료공동목록시스템(http://www.nl.go.kr/kolisnet)에서 이용하실 수 있습니다.
(CIP제어번호: CIP2017014800)

박종학 시집

또 다른

시선으로

방촌문학사

시인의 말

촌철살인(寸鐵殺人)으로 시를 써야 하는데
아포리즘같은 시를 써보고 싶은데…
그리되지 못하고 어느새 산문시를 쓰는
시인으로 정형화되어 버렸습니다.
어쩔 수 없는 성격 탓인 듯,
하지만 산문시도 엄연히 시의 일종
그동안 문예지와 신문에 발표된 시와 창작시를 엮어
'또 다른 시선으로'라는 제목으로
시인으로 등단한 지 10년 만에 첫 개인 시집을 발표합니다.

어찌 보면 개인 시집 한 권 없는 부끄러운 시인에서
탈피하고 그동안 서로 살아온 시절이 비슷하고 코드가 맞아
항상 격려해 준, 내 시를 좋아해 준 독자들에게 감사의 의
미로
개인 시집을 발간하는지도 모릅니다.
도와주신 방촌문학사 식구들과 출판사 직원들에게
감사를 드립니다.

박종학 시인

5

차례

1부

삶의 이야기

5부

인연 이야기

6부

추억 이야기

1부

삶의
이야기

침묵

강한 울분이 심장에서 절규를 한다
삭히고 삭힌 그의 아픔이 피를 토한다

내면의 화산 속에 축적된 폭발음이
처절한 슬픔에 겹겹이 둘러쌓인다

말 없는 절규와 처절한 울음이
열 화산 보다 큰 침묵을 본다

무표정한
표정 속에 손을 부릅 떠는
분노를 본다

나의 존재는 없었다

철 들면 죽는다 한다
그럼 죽고 싶다
철 한번 들고 싶다

내 속을 뒤집고
거울에 비친 나를 찾아
눈을 부라린다

어디에도 나는 없었고
애당초 내가 원하던
나는 존재하지 않았다

후회하고 반성하고
하지 말 것과 해야 할 것을 알지만
내가 아니었다

내 얼굴을 찾고 싶다
거울 속 모습이
진짜 나의 모습일지도.

살다 보면

살다 보면
뜨거운 순간이 있다

살다 보니
차디찬 삶일 때도 있었다

어쩔 수 없는
자신만의 인생이다

타고난 틀에서의
웃고 우는 표정들

개천에서의 용은
죽은 지 오래지만

다시 태어나도
사람으로 환생하고 싶다

그 삶이
지금보다 더 슬퍼지더라도.

밤새 비가 내렸다

편한 사람은 자고
잠 못 이루는 사람은
밤새 비 내리는
소리를 들었다

세상사 다 그렇고
그러하다고
점차 그리 들린다
밤새 울었다

그리움의 무게였구나

황금빛 노을이
한강 물줄기에
금가루를 길게 뿌린다

행복이란 미련 때문에
차마
저 산 너머로 내려가지 못하고 있다

같이 놀던 물고기들이
황금 옷으로 갈아입고
사랑의 전령사를 자처한다

아픔의 춤을 추며
사랑을 붉은 가슴에 품고
영혼의 집으로 돌아간다

아!
노을은
그리움의 무게였구나.

지천명知天命

하늘의 뜻을 안다는 나이라기에
지천명知天命 을 기다렸지요

불혹不惑의
자신감이 있었기에

큰 목소리를 외쳐대기에는
가슴이 아파 옵니다

침묵沈默의 나이를 가리킨다는 걸
이제야 깨닫습니다

닭똥 같은 눈물

눈이 큰 사람이
흘리는 눈물인 줄 알았다

서러워 펑펑 흘리는 게
닭똥 같은 눈물인 줄 알았다

서러운 거 따지면
피눈물을 흘려야 하는데

그럴 수 없어 눈물을 흘린다
슬퍼서 흘리는 눈물이 아니다

마음이 아파서
가슴이 찢어져서 흘리는 눈물이다

떨어지는 눈물에
방안이 홍수 된다 해도

멈출 눈물이 아니다
아프다

바라보는
나도.

세상의 흔적

찾아온 인연에 울고
떠나간 사랑 때문에
마음 아파하고

인연이 끊기고
죽은 뒤엔
다 무슨 소용일까?

남은 자에게도
한때의 추억이자
아픔일 텐데

장례식장에서
떠나는 세상의 흔적을
지우며 상념에 빠진다

슬픈 삶

내 돈으로 외국여행 가는데
당신이 무슨 상관이야?

골프 치러 가던, 몸보신 하러 동남아 가던
왜 관여하느냐고?

재개발로 수십억 원을 보상받은
동네 졸부가 악을 쓴다

어젯밤에
설탕물로 허기진 배를 채우고

새벽부터 휴지를 주워 받은 돈
7,800원에 감사하는 꾸부정한 할머니의

TV에 비친 고물상에서의 모습을
바라만 보는 나 자신이 미울 뿐이다

어느 게
슬픈 삶인지.

내가 꿈꾸는 그곳은

한바탕 울고 나면
시원해질 때가 있었다

밤새 이 생각 저 생각으로
하얗게 지새울 때가 있었다

그런 때가 있었다
열정과 사랑이 존재할 때가…

그때가
그리워진다

내가 꿈꾸던
그곳은 어디일까

길을 못 찾아
지금도 헤매고 있다

또 다른 시선으로

치열하고
험악한 세상

또 다른 시선으로
세상을 엿봅니다

따뜻함이
포근한 마음들이 보입니다

때로는
몰래 보는 시선으로

앙상스러운
심술이 없어지고

나 자신이
성숙해집니다

형제의 우애

어릴 때 그 마음이면
문제가 없는데

세월의 양식을 먹으니
시나브로 어찌할 수 없네

경제력 차이만큼 형제간의
간격이 멀어졌으니

따스한 우애를 갈망하던
어머니가 얼마나 상심하실꼬

없으면 없는 대로
있으면 있는 대로

같은 피가 흐르는
형제가 아닌가?

하늘에서 내려다보는
어머니에게 못할 짓이다

후회

어느 시절이 있었다
나락으로 한없이 빠져들던 시절이

아픔에 아픔을 더하고
희망이 마음의 고통으로 이어지고

자욱한 안개의 숲 속으로
마냥 걸어가던 시절이

스스로를 가두어 놓은
높은 울타리 속에서의 허우적거림

내가 아닌 타인의 삶이
나를 더욱 후회스럽게 만든다

선배

제 선배님이십니다

학교 선후배만 따지다
사회 선배로
인생 선배로
문단 선배로
나를 소개하는 사람들

제가 좋아하는 후배입니다

맞장구는 치지만
선배라는 단어
그 말을 듣기가 민망하다
태어날 때는 선후배가 있지만
죽을 때는 순서가 없다지 않은가

생각해 보니

선배로서 내세울 것도
선배로서 더 나은 것도
선배로서 잘하는 것도
선배로서 이끌어 준 것도
없다는 사실이 더욱 민망스럽다

비가 오면

내 마음속
시간과 공간이 하나가 된다

소중한 인연에
미소 지으며 행복했고

작은 오해에
우울하고 슬퍼했던

비 오는 날에는
향기가 난다

고향 집 꽃밭의
그리운 향수 속에

살피 꽃밭 따라
아련히 파고들던

까까머리 중학생의
수줍은 첫사랑도 피어난다

아스라이 스며드는
풀 향의 풋풋함

고독의 슬픈 노래

타의 반
자의 반으로
고독을 즐긴 적이 있었지요

힘든 삶을
탓하기에는
눈물샘을 막아야 했지요

바둥바둥 떨고 있는
초겨울의 낙엽처럼
삶도 지쳐가나 봅니다

울고 싶을 때 울고
속 시원히 침묵하지 않는
낙엽의 고독을 닮고 싶습니다

역지사지易地思之

너는 잘못했고
나는 잘했다

결과만 중요했고
목소리만 컸다

화난 파도가 잠잠해지고
고요의 시간이 흐른다

처했던 상황이 이해가 되고
없었던 사연이 귀에 들어온다

마음속 아픔으로
곤두박질 친다

네가 나였고
내가 너였으면 하는

애오라지
내가 밉다

유령

존재의 이유를
상실하던 날

안개 숲으로
스스로를 가둬버린다

옷 가지가
떨어져 가고

점차 형체가
사라진다

나는
누구인가

물음조차 버거워
유령이 되고자 한다

있어도 없고
없어도 존재한다

슬픈 유령이
반가운 날이다

2부

종교
이야기

영혼이 있다면

영혼에도 빛이 있다면
내 혼의 빛은 어떤 빛일까?

쏟아지는 인터넷 홍수 덕에
수많은 종류의 사람을 접한다

거리, 지역, 나이, 취미가 달라
사는 삶이 틀린 듯한 사람들

그들 속에 맑은 영혼을 추구하는
몇몇 사람들을 본다

순수하고 깨끗한 영혼 덕에
현실에서는 힘에 부치는 사람들

그런 사람들을 보면
때로는 맘 속이 곤비해질 때가 있다

같은 빛깔의 영혼이 있다면
서로의 간절한 빛으로

이해하고 사랑하며
의지로울 수 있으련만.

범사에 감사를

어둠이 서서히
물러나는 길목

출근길에 바쁜
사람들을 보면서

혼잡함에 합류하며
일터로 움직이는

나 자신을 발견하고는
스스로가 반갑다

부드럽게 넘어가는
자판기 커피 한 잔이

행복임을 느낀다
주님의 은총이다

명동성당에서

수많은 작은 소망들
간절한 기도가
불꽃으로 화답한다
당신의 응답입니까?

혼자는 외롭지만
주변의 따스한 온기가
용기를 줍니다
사랑을 줍니다

이 세상도 살만한 곳이라고
어울려 한바탕 놀아보라고
작은 불빛도
소중하고 아름답다고

주님
살며시 웃어 줍니다
사랑합니다
행복을 찾았습니다

세월호 참사를 보고

불쌍한 마음에
눈물로 TV를 끈다

안타까운 심정에
분노로 속보를 듣는다

선실 속에서 고통으로
죽어간 아이들

세월호 속에 갇힌
간절한 기도

한 명이라도 살려 달라고
염원하고 애통했건만

살아만 있어다오
꼭 돌아와 달라고

두 손으로 슬픔을 참았건만
끝내 침묵하신 당신은

채 피어 보지도 못하고
여린 꽃잎 되어 흩날리는 날

눈물도
고통도 말라버린

잔인한 사월
세월호여.

신이 세상을 만들었다면

신이
세상을 만들었다면
행복 만발한 세상으로 만들었을 텐데

신은
왜 불행과
슬픔도 행복으로 보았을까

신이 보기에는 그리 느꼈을 거야
삶 자체가 행복임을
다 마음먹기 달린 일이라고

인간이 신이 될 수 없음을
누구보다도 신은 잘 알고 있을 텐데
인간은 인간일 뿐

신이 세상을 만들었다면
깊은 뜻이 있을 거야
분명히 깊은 뜻이

울면서

신이 죽었다 했을 거야

시인 '니체'는.

신년 기도

새해에는
살아가는 삶에
작은 기쁨을 느끼게 하소서

우연 아닌 필연의 만남에
이어진 따스한 끈을
더욱 소중히 여기게 하소서

나의 삶과 귀중한 인연으로 이어진
생生에 퇴색되지 않을
그리움을 안게 하소서

더 이상 슬프게 하지 마소서
서로를 이해하게 하소서
기쁜 이야기가 더 많게 하소서

그 삶이 더욱 행복하고
윤택하게 하소서
몸과 마음을…

더욱더
절실한 믿음을 갖게 하소서

"샬롬"

성경 통독 새벽 기도회

매서운 추위와 동행했던
새벽 기도회

성경은 읽지만
작정하고 성경 통독하기는 처음

101일 성경 통독 새벽 기도회가 있어
졸린 눈을 비벼가며 참석하다 보니

어느새 2/3 말씀이 넘어가고
봄이 찾아왔네요

생활 속 우선순위가 되어버린
새벽기도회

생활 습관도 저녁 약속도 변화되어
많이 바뀐 나 자신이 놀랍습니다

내가 누군가를 위해서
무언가를 위해서

하나님께 기도하며
응답을 받고

그 기대하심에 따라
살아갈 수 있다는 것

감사하고
행복한 일입니다

새벽기도
입가에 미소가 핍니다.

무저갱無底坑[1]

끝이 없음인가
어둠도 방향을 잃었다

타고 난 운명인가?
아니면 이제 때가 되었는가?

한 없는 나락으로 떨어진다
이미 정해진 수순이었던가

이브의 유혹도
어쩌면 그분의 일정

편안히 떨어지자
어둠이 점차 눈에 익는다

---

1 기독교에서 악마(천사)가 벌을 받아 떨어진다는 '밑바닥 없는 구렁텅이'
  를 이르는 말

기다리자
두둥실 떠 있다

차라리 고통이 편안하다
누구를 원망하겠는가? 그분의 뜻인 것을

무저갱無底坑
어둠도 빛도 존재하지 않는다

부활절 새벽 예배

어둠이 남아 있을 때 들어가
부활의 의미를 깨닫고
교회를 나선다

어느새 동녘 하늘이
상쾌함을 준다
부활절 아침이구나

새벽에 슬픔을 가지고
달려간 막달라 마리아가
축복을 받은 것처럼

촛불을 들고
주님을 만나러 간
내 선택이

마음의 기쁨이고
스스로의 평안
부활절 은총이로구나

"나는 부활이요 생명이니 나를 믿는 자는 죽어도 살겠고
무릇 살아서 나를 믿는 자는 영원히 죽지 아니하리라"

(요 11:25~26)

신앙 1

인간이란 이름으로 살기에는
너무도 힘든 세상이기에
몸도 마음도 신을 찾는다

내가 믿고 있는 신만이 유일하고
내가 의지하는 종교만이 진실이기에
살인을 하고 폭행을 하고 전쟁을 한다

아이들 팔다리가 없어지고
마을이 파괴되고
부모가 끔찍한 참수로 사라진다

3차 세계대전은
종교 전쟁이라는데…
간절한 기도가 필요한 세상이다.

신앙 2

홀로 된 이 아픔을 잊고 싶다
용기가 필요한 일인지라
더욱더 주저하는지도 모른다

오랜 세월
긴 방황 끝의 결과가
그대를 만나기 위한 아픔이었는지

힘들게 다가온 신앙
당신이 내게 주는
진정한 축복일지도 모른다

다비식茶毘式

불꽃이 춤을 춘다
죽음이 새 삶임을 알리려 하는가?
삼천 대천 세계를 유유자적하시며
중생의 미망을 사르시기에

장좌불와
묵언 수도가 무슨 필요가 있었는가?
고승이 무슨 기준인가?
살고 죽음에 마음 허허롭다

춤추는 저 불꽃이
바로 임의 얼굴이로다
천상천하 유아독존
바로 임의 얼굴이로다

(교회를 다니기 전 우연히 보게 된 다비식)

돌고 있는 십자가

빨간 네온의
십자가

이 새벽에
천천히 돌고 있다

연세든 권사님
십자가를 보고 들어가신다

비틀거리는 저 취객
우연히 바라본 교회 십자가

돌아가고 있음을 알아본다
눈가에 이슬이 맺힌다

그러면 된 것이다
'쿼바디스'

어느 날의 기도

황폐한 일상에
기쁨을 느끼게 하소서

필연의 소중한 만남을
귀하게 여기게 하소서

나의 삶 한편에
감사함을 안게 하소서

인연을 슬프게 하지 마시고
이해하게 하소서

슬픈 이야기보다
기쁜 이야기가 더 많게 하소서

몸과 마음이 풍족하여
삶이 더욱 윤택하게 하소서

소중하게 다가오는
인연과 행복이 되게 하소서

고난주간 특별 새벽 부흥성회

주님을
바라봅니다

말씀을 듣고
묵상합니다

십자가를 짊어지고
침묵을 택하신 주님

모든 허물과
죄를 대신하신 주님

눈물로
영광과 찬양을 드립니다

사랑합니다
주여!

아픈 날의 기도

간절함으로 기도합니다
아픔을 잊게 해주시고
평안함을 주소서

주님 뜻대로 살지 못했지만
당신이 나를 기억하듯이
당신을 다시 의존하고자 합니다

알게 모르게
나로 인해 상처를 입은 이들에게
용서를 구하게 하소서

견딜 만큼 주시는
당신의 시련이기에
행복했음을 감사히 여깁니다

내 몸과 영혼
당신의 품 안에 있기에
시련보다 아픔을 주시고

떠나간 인연을
소중하게 여기게 하시고
아픔보다 용서와 사랑을 주소서

구속에서 고요보다 잔잔한
진실한 행복을
느끼게 하소서

인도하소서

사랑을 만들고
기쁨을 만들고

슬픔을 만들고
아픔을 만들고

나 자신이
나를 만드는 것을

내가
세월이고 삶이었음을

믿음대로
인도하소서

주님

차가운 바람이
몰아쳐도

힘겹게 버티고
남아있음은

기도 할 수 있는
당신이 남아 있기에

떠날 수 없는
새벽 종소리에 홀려

오늘도
당신을 찾아갑니다

3부

세월
이야기

12월의 노래

앞서거니
뒤서거니

정신없이 달려온
시간과 공간들

차가운 현실과
손발이지만

후회하고 싶지 않은
가슴입니다

기쁨의 노래를
부르고 싶습니다

소년 소녀 가장과
무의탁 노인들과 함께

사랑하는 가족들과
보고 싶은 친구들과 함께

한 해를
뒤돌아보며

사랑의 노래를 부르고
싶은 마음입니다

나는
마지막이 아닙니다…

새해를 맞이하는
희망이고 기쁨입니다

행복의
12월입니다

폭염 주의보

연일 숨도 쉬기
어려운 폭염

날아온 긴급재난 문자
폭염 경보

노약자는 야외 활동을
자제하라는데

해당이 되는지
아닌지…

이 찜통 속에서도
감정싸움을 하는 사람들

천 년 만 년
살 것도 아닌데

자기 잘난 맛에
언성을 높인다

시원해지는
바람이 분다

활짝 열어젖힌
시골집 툇마루가 그립다

봄도 피곤타

꽃이 유혹을 한다
싱그러운 봄꽃
향기로운 향기만큼
온 천지에 꿀벌들이다

추억을 담는 사람들
스마트폰이 춤을 춘다
미세먼지만 없다면
봄 소풍이 제격인데,

나는 잘났고
너는 못난 놈
나는 일꾼이고
너는 죄인이다

막바지에 다다른
선거 소음에
스트레스받고
짜증나지만

활짝~
꽃들이 웃는다
봄이잖아요
다독거려 준다

기나긴 동지 밤에

세월의 아픔이
진저리치는 밤

동지가
그리움의 끝이라 절규한다

긴 긴 밤의 끝이
붉은 핏빛이라

그것은 차라리
처절한 악다구니

붉은 입김으로
문설주를 적서도

옹심이 하나가 주는 위안에
만족해야 하는 나이기에

매서운 바람에 버텨보지만
이젠 그도 저도 힘들고

차라리 그 속에 뛰어들고 싶다
동지 밤은 길다

사연만큼
아픈만큼

겨울 산

겨울 산이 좋아서
산을 찾았습니다

잔설殘雪을 밟으며
올라갑니다

숨어 있는 눈꽃은
찾을 수가 없고

살을 깎는 듯한
아픈 바람만 붑니다

아름다운 눈꽃을 보러
겨울 산에 왔는데

산이
무슨 죄가 있겠는가

욕심이 앞선
이 욕망이 죄인 것을

인생을
배우고 갑니다

중년의 가을

이른 아침
둘레길에 떨어진 낙엽 향이
꽃집의 장미 향보다
더 진하게 느껴짐은
내 인생에도
가을이 찾아왔음인가?

현실에 만족하는 삶
주어진 인연에 행복하고
작은 결실을 맺는
가을을 사랑하련다
꽃도 아름답고
낙엽도 아름답다

겨울비

겨울에
비가 내린다

삶의 슬픔이
눈이 되지 못하고

소리 없는
울음이 된다

한밤중에 내리는
차디찬 겨울비

살다 보면
반갑다

봄이 왔다고

물차가 물을 뿌리며
도로 위 청소를 하고 갑니다

봄이 왔다고
집안 대청소를 합니다

나 자신을 청소하지 못하는
슬픈 내 마음을 봅니다

안주安住하지 못하는 삶에
왜 슬픈 행복을 꿈꾸며

변하는 희망에
치열한 노력은 왜 없는지

사는 삶이 다 그렇다고
힘없이 속으로 삼켜보지만

눈치채지 못하는 현실에서는
그 누구도 귀를 기울여 주지 못한다

봄은 왔지만
철 이른 봄일 뿐이다

한여름에 겨울을 꿈꾼다

춤추는 함박눈 속에서도
웃음꽃이 피어나고

따스한 벽난로보다
뜨거운 아궁이를 반가워하던

미친듯한 열락熱樂이 존재하던 시절
그런 겨울이 있었다

달디단 독주毒酒를 마시며
비틀거리는 삶 속에

빛 좋은 개살구를 찾아 헤매던
젊었을 때의 겨울이 생각난다

울고 웃고 지내온
나 스스로의 삶

비우고 떨치고
또 다른 나를 만난다

한여름 열대야에
겨울을 꿈꾸는 이유다

꼭 봄을 기다린 것은 아니었지만

두터운 외투가 싫었지요
초라한 눈사람이 불쌍했지요
벙거지 모자를 눌러쓰고
달의 궤적을 쫓아갑니다

잔설이 남아 있는 산등성이에
생동감 넘치는 개나리가
부드러운 봄바람으로
미소를 보냅니다

화사한 여인네 봄바람을 그리워한
속내를 들킨 거 같아
얼굴을 붉히며 반깁니다
버들강아지도 사랑스런 봄입니다

한여름 밤

별 빛 하나 없는 밤하늘
소나기가 한바탕 쏟아질 것 같은 폭염

어둠 속에 떠다니는 희미한 달이
잠시 쉬고 싶은 섬 하나를 찾는다

외롭고 지친 토끼 한 마리 머물고 있을
섬 기슭에 나도 다다르고 싶다

하얗게 밤을 새운 외로운 사람끼리
위로받고 서로를 보듬으며

밝은 영혼이 만나는 곳에
가고 싶다

폭염 속에 지친
한여름밤에

천상의 채색화

스스로
물감을 뿌린다

'제목: 환희歡喜'

내면의 아픔과
슬픔을 토해낸다

스스로의 고행과
자학으로

단풍이 빚어낸
오묘한 화려함

경악 그 자체
아무 말을 할 수가 없다

그 노력이 가상해서
석양 노을빛을 선물로 보낸다

산이 그린
채색화에

신의 선물인
노을빛이 덧칠을 한다

아름답다
천상의 채색화로다

가을날 양재천 변에서

부드러움이었습니다
살며시 다가오는
이 바람은

얼굴을 살며시 어루만지고
모든 꿈을 안겨주던
내 모습을 봅니다

고추잠자리는
갈길 바쁜 내 발목을
양재천에 붙잡고

졸졸졸
실개천의 노랫소리에
새 소리로 화답을 하네요

평화로운 일탈이라고.

마지막 낙엽

고통도 호강이다
세상과 연緣으로 만났으니
그 또한 인연인 것을

이수離愁의 아픔이 괴로울 뿐
잊혀진다는 것에 대한
두려움이 나를 더 떨게 만든다

가을 사랑

보이는 게 다가 아님을
떨어지는 낙엽에도
기쁨이 있음을 발견합니다

들리는 게 다가 아님에
슬퍼하는 풀벌레 소리에도
행복이 숨어 있음을 봅니다

떨고 있는 단풍잎이
꼭 아파서만이 아닌
만추에 대한 희열인지도

계곡 속의 가을
삶의 굴곡이 주는
인생의 환상곡일지도

늦가을

보는 것만 믿었던 나는
지나가는 행인들에 즈려 밟혀도
신음조차 낼 수 없었던
낙엽의 아픔을 외면하고
때늦은 울음을 토해낸다

어디론가 도망가 있었던
내 감성이 밉다
늦가을이란
무심했던 인연과 나를 뒤돌아보게 하는
바람이 아니었을까.

가을비는 밤에 내리고

단풍이 취한 색이 너무 아름다워
곱디고운 그 모습을 시기하여
이 밤에 가을비가 눈물을 흘립니다

보는 눈이 있어 낮에는 고고한 척했지만
결국 참지 못하고 고운 단풍잎에 기가 꺾여
이 밤에야 울고 맙니다

나는 힘든데
나는 아픈데
달콤한 잠을 자는 숲 속 친구들

피눈물로 통곡합니다
우르릉 쾅쾅
번쩍하며 심술을 부려 봅니다

이내 마음이 울적해집니다
길바닥을 심하게 쳐 봅니다
창문에 세차게 부딪쳐 봅니다

고운 은행잎엔 그러지를 못합니다
얼마 남지 않은 세월임을
알기 때문입니다

가을비는 마음입니다
어찌할 수 없는 마음입니다
자기가 여린 마음인 걸 알기 때문입니다

아침이 오면 사람들은
그냥 스쳐 가는 가을의 끝자락을
느끼며 더욱 옷깃을 여미겠지요

가을비는 외로움이랍니다
외로움을 감추려 이 밤에
이렇게 진저리치며 울고 갑니다

이번 겨울엔

가로등 불빛에
함박눈은 춤을 추고

불꽃 향연의 벽난로는
작은 신음 소리를 낸다

빨강
단색의 칵테일을 마시고 싶다

이름 모를 여가수의 흐느낌은
내 가슴을 훔쳐가고

우연이 들어간
고풍스러운 카페에서

반짝이는 눈물을 보이는
그런 나를 만나고 싶다

아직 살아있는
중년의 나를 보고 싶다

이번 겨울엔.

4부

사랑
이야기

작은 기쁨

코를 골며
곤하게 잠을 자고 있는

아내의 뒷모습이
나를 기쁘게 합니다

많은 상념과
크고 작은 병치레로

단잠을 자지 못하는
아내의 모습만 보다가

깊은 잠에 빠져 내는
코 고는 소리가

오늘따라
정겹고 고맙게 느껴집니다

당신 곁에는

무엇이 그리 심각합니까
앞으로 같이 갈건데
같이 아파하고 즐거워할 건데
너무 심각해하지 마이소

사는 게 다
그러하잖아요
그래도
당신 옆에는 투정을 받아줄 사람이
늘 곁에 있잖아요
조금 미흡하더라도

하모니카 축제 한마당

불면 불수록
나보다 먼저 뜨거워지는
작은 너의 몸 앓이에 취해

노스탤지어가 되었다가
젖은 추억의 손수건도 되었다가
잘 익은 시詩 한 줄의 숨소리를 듣는다

들숨 날숨의 음률에 반해
하모니카를 사랑하게 된 사람들이
그리운 정으로 모였습니다

더욱 외로워지는 삶의 동반자로,
슬픔과 외로움을 달래주는
인생의 소중한 악기를 선택한 사람들

첫사랑을 품에 안듯
이어진 인연들
얼마나 보고 싶었습니까

생의 언저리 찾아온
하모니카 축제 한마당이
아련한 추억으로 남을 겁니다

작지만 많은 행복을 주는
천상의 악기
하모니카

그대
우리들의
은빛 꿈의 날개여

(2014. 6. 13 종로 구민회관 낭송 시)

자존심

당신에 대한
미안함과
나 자신에 대한
위선

터벅터벅
힘없이
슬픔과 함께
내려온다

꿈까지야
끌어내리지는
못한다
하더라도

힘없는
자조적인 목소리만
허공에
메아리친다

내려놓지 못하는
아집
현실이고
삶이다

떠난 인연은

쓸쓸하고 외로울 때
생각나는 사람이 있다

그리움보다는
추억 속에 가까운 사람

가끔은 내 근처에서
그 흔적을 본다

아스라이 멀어져 가는
그의 뒷모습이 생생한 것처럼

순간 뒤돌아보는
그 사람도 그런가 보다

떠난 인연도
보고 싶을 때가 있다

결혼기념일

뫼비우스의 끈이
만나는 기적에

소중한 인연을
축복하는 날

아스라한 기억으로
왜 모른체하는가

미안하오
정말 미안하오

핑계를 대기엔
너무나 유치한

당신 눈물이
슬프고 두려워

달력에 표시하기
두렵구려

부부夫婦 1

잔소리하면서
순간 웃는다

계면쩍은 변명에
억지 미소를 짓지만

내면을 알기에
미안해요

속으로 응대한다
부부다

부부夫婦 2

못마땅함이
속을 아프게 한다

과거와 현재가
눈물의 샘을 자극한다

인생의 긴 바다를
건너기에는

부부라는
인연뿐이 없음을

아픔도
희망도

행복도
세월도

부부라는
사랑 속에 있음을.

숨어 우는 바람 소리

어둠이 남아있는
병원 응급실 앞

소주 한 병을 단숨에
목 안에 털어놓고

말없이 흐느끼는
중년 남자의

소리 없는 아픔이
나를 슬프게 한다

밀린 병원비 때문에
수술도 거부당한 채

말없이 누워 있는
어머니를 밤새 간호하는

50대 가난한 큰딸의
흐느끼는 서러움이

이 새벽에
타인인 나를 울리고 있다

재산을 물려받고
나 몰라라 하는 아들을 용서하는

어머니의 떨리는 목소리가
내 가슴을 난도질한다

어머니의 존재는
영원한 용서

숨어 우는 바람 소리는
소리 없이 울고 있다

모정母情 2

간절히 기도하는
당신의 소중한 묵주

열 손가락 다 소중하지만
유독 정이 가는 손가락

오늘도 아픈 손가락 때문에
길어지는 아픔의 시간

삼종三從 도리 무겁고
바라보는 이 불효

어려서 어버이를
시집와 못난 남편을

뒤늦게 못난 아들 때문에
눈물이 호수를 이루네

삼종지의三從之義 야속할 뿐
당신의 팔자려니

바라보는 이 불효는
당신의 사랑에

뒤늦은
후회의 눈물만.

기초 노령연금

효자고 말고
그런 효자가 없지

차부車部에서 버스를 기다리며 하는
할머니들의 정담이다

매달 25일
작은 기쁨을 주는 기초 노령연금

단돈 20만 원이 진짜 효자에게는
웃음거리 밖에 안 되겠지만

마음이 팍팍해
며느리 눈치 보는 교수 아들보다는,

이번 설 명절에도 내려오지 않고
외국 여행 떠난 의사 며느리보다는

약값도 아쉬운
할머니에게는

고마운 이웃이다
기초 노령연금이다

어버이날

동네 식당마다
웃음꽃이 핀다

할아버지 할머니
손자 손녀가 보인다

횟집 나들이에
갈빗집 나들이에

세월의 주름살이
잠시 핀다

대화가 없어도 좋다
어제 오늘 일이 아닌 것을

어버이날이라서
더 좋다

동네 전체에
웃음꽃이 핀다.

행복

드라마 속에서나 존재할까?
열 가지 복을 다 갖춘 집은
현실에서는 없다

한두 가지 없는 복이
우리의 삶에 대한
균형을 맞추고 있는지도 모른다

현실에서의 행복이
때론 드라마 속의 행복보다
더 진솔하고 기쁠 때가 있다

견디기 힘든 고독과 비창으로
삶이 힘들다 해도
고마운 인연이 있다

가족이 있다
사랑이다
행복이다

남한강 변에서

강물은 아래로 흐르는데
잔물결은 속내를 감춘 채
위로 출렁인다

이 추운 날 강물에 떠 있음은
분명 고향은 아닐진데 이름 모를 철새들
유유자적 한가롭기 그지없다

강변 벤치에 앉아
환히 펼쳐지는 남한강 풍광에
시간은 어느새 어둠으로 치닫고

늦겨울 매서운 바람은
양쪽 볼을 어루만지며
차라리 시원함을 선사하고

자기 이름 부르는 소리에
멋모르고 나온 우수雨水가
내 모습으로 변하고 있다

차가운 강물에 몸을 맡긴
이름 모를 철새들
침묵으로 일관하고 있다

(여주 장례식장에서)

하모니카 사랑

살아갈수록
더욱 외로워지는 중년을 보내면서

아스라이 잊었던 기억들을
전생의 연聯줄처럼

하나하나
행운처럼 되찾아 내었는지도 모릅니다

'하모니카'

작아서 너무나 서민적인
들숨 날숨의 호흡에 반해 버린 음률

인생길 내내 함께할 수 있는
삶의 동반자!

친근한 소리로
기쁨은 함께 나누고

슬픔과 외로움을 달래주다가
친구가 되어버린

가끔은,
쉽지 않은 연주에

나 자신에게 화도 내고
때론 게으름도 피워보지만,

그때마다 나를 뒤돌아보게 해 주고
나무라지 않고 받아주는

내 주머니 속의 하모니카
나에게 찾아온

행복한
인생입니다

세찬 비가 내리면

하늘도 시원하고
땅을 내려다봐도
마음이 시원하다

정지된 시간 속에
찾아오는 그리운 얼굴
세찬 빗속에 보인다

그리움이 절절하면
추억의 사랑이
세찬 빗줄기로 내린다

그리움과 집착이
아픔으로 변하여
내 몸을 감싼다

그 때문일까
세찬 비가 내리면
몸과 마음이 아프다

빗속에 보이는
추억이
아프다

가장 슬픈 이야기

행복이 슬픔을 이겨냈다
위암 말기의 처절한 아픔도
아이들 앞에서는 행복으로 바뀐다

천국에서는 아프지 마소서
풍족함이 넘쳐나게 사소서
더는 울지 마소서

누나가 있고
누나를 끔찍하게 생각하는
어린 동생이 있으니

서로 의지하고
힘이 되어 줄
험난한 이 세상에서의

엄마와의 소중한 추억이
영원히 남아있기에
너무 울지 마소서

더 이상

나까지 울리지 마소서.

(MBC 스페셜 '풀빵엄마'가 또다시 사람들을 울렸다. 크리스마스인 지
난 25일)

서울역 노숙자

삶에 대한
의욕이 없을까?

생활에 대한
애착이 없을까?

고향이 없을까?
가족이 없을까?

귀찮은 질문을 알아차리곤
술로서 고성방가를…

몸과 마음이
어디론가 떠나고 싶은

고향과 가족으로 돌아가고픈
서울역 노숙자

5부

인연
이야기

염습殮襲하다

코와 귀와 입을 막고
당신이 준비한 안동포로
겹겹이 수의를 입는다

수천 개의 구멍,
수만 개의 인연으로 연결된
세상과 이별을 한다

꽃 버선을 어루만지며
막내아들은
끝내 울음을 터뜨린다

미안하고
죄송했고
행복했다고

힘든 세상
안동 권씨라는
오욕 칠정을 버리고

어머니는
마리아라는 이름으로
천국으로 들어가셨다.

메일함

세월을 저장만
했구나

다시 올 수 없는 시간들
미련스럽게도

열어보지
말 것을

연을 날리며

연을 날려
마음껏 하늘을 헤젓고 싶습니다

이룰 수 없는 꿈을 실어
공중에라도 날리고 싶습니다

위태롭게 올라가
바둥대며 흔들리는 연줄이

툭!

강 건너 하늘 높이 날아가는
그 순간까지

꿈을 간직하고 싶습니다
희망이라는 이름으로

소나기 내리는 지하철역

엄마가 퇴근하는 딸을 위해
우산을 챙겨 마중 나오고
웃으며 달려가는 아가씨

신랑 앞에 차를 세우고
아가를 번쩍 안아 무릎에 앉히며
아내의 행복한 미소가 보인다

열리고
닫히는
사랑의 통로

지하철역 입구에는
오늘도
사랑과 행복이 흐른다

시詩

영혼이 있다면
생生을 마감하고 싶은

예정되어 있었을지도 모를
기나긴 인생人生이란 여행길

울고 웃고
떠들고 침묵하고

사랑하며 아파하며
행복하며 달리는 시간들

나를 위로해주고
지켜주는 또 하나의 나

'시詩'

피서지의 밤바다

어두운 피서지의 밤바다는
몰래 운다고 했다

찾아온 사람들이
반가워 울고

폭죽놀이로 매캐해진 냄새로
혼란스러운 갈매기에 울고

찰싹
철썩

파도의 울음소리도
혼란스럽다

종잡을 수 없는
사람들 술주정 소리

한여름 밤에
시원한 바닷바람이 동행하고

바로 잡힐 듯한
별도 떴으니

어두운 밤바다 파도는
반가운 눈물일 거야.

썬베드 대여

술 취한 주인 총각은 없고
배낭만 자리를 지킨다

하루가 멀게 내리는 장맛비에
손님은 뚝 끊기고

갈매기 차지가 된
썬베드

무리한 투자로
원금 회수가 까마득한

총각의 가슴은
타들어 간다

곡기 대신
마신 술은

마음마저
슬프게 한다

바다엔 들어가지
못하고

폭죽놀이로 추억을 만드는
어른들도 슬프다

해운대를 선택할걸
추워 들어가지도 못하는

동해로 왔다고
아이들 앞에서 부부가 싸운다

팔월 초의
동해안 피서지

밤새 출렁거리는 파도
오케스트라를

원 없이 듣고
행복에 겨운 나는

이 새벽에
만 원짜리 한 장을

파라솔 탁자 위에
올려놓는다

주인 총각이
낮에 그랬다

온종일
오천 원이라고

개망초 꽃

울고 또 울고
외로워서 꽃이 되었다는

정과 그리움이 필요해
사람의 따스한 눈길이 반갑다

초라한 들길에 무더기로
피어 볼품이 없다 하여도

사랑과
그리움을 먹고 사는

행복해 보이는
개망초 꽃이여.

어디가 진실이고

교회 가는 새벽엔
귀뚜리가 울고

한낮의 여의도 도심 한복판엔
매미가 울고

세상 돌아감을
곤충들이 먼저 알고

그들은 할 말을 하고
울부짖는다

눈치 보는
박쥐보다 낫다

국회의원도
입이 포도청이고

출신이 양반이라
침묵한다고

여름도 아닌 것이
여름 같고,

가을도 아닌 것이
가을 같다

변해가는
험한 세상

힘든 현실에서
살아남는

현명한
삶의 지혜일지도.

품바타령

가진 게 없어
잃을 게 없다

없는 게
죄는 아니지만

부모에게
죄스런 마음

늘 가슴 아픈
효자다

줄 게 없어
품바지만

당신 복은 빌어줄 수 있어
품바타령이다

한 번 사는 인생
각박하게 살지 마소

빈손으로 가는 인생
아귀다툼 하지 마소

얼씨구씨구
들어간다

절씨구씨구
들어간다

작년에 왔던
각설이가

죽지도 않고
또 왔네!

어느 해의 6월 한강 변에서

마음 깊은 곳에서
밤새 내는 울음소리를

참고 또 참다가
이 새벽에 한강으로 왔습니다

하늘도,
강물도 잿빛입니다

내 넋두리와
하소연도 힘이 없습니다

시원한 바람이
어루만져 줍니다

다들 그리 산다고
위로해 줍니다

절실하고 절박했던 하소연도
한강 앞에서는 벙어리가 됩니다

겨울 산

겨울 산이 좋아서
산을 올랐습니다

무릎까지 빠지는 계곡에
사로잡혀 산을 찾았습니다

기대했던 눈은 없지만
잔설을 밟으며 올라갑니다

아름다운 눈꽃은
볼 수가 없네요

눈의 요정을 보러
겨울 산에 왔는데

산이 무슨 죄가
있겠는가

마음이 앞선
욕심이 죄인 것을.

인터넷 카페 정모

기쁜 일이 될지
슬픈 일이 될지

기어이 판도라 상자를
열고야 만다

어찌할 수 없는
호기심 때문인가

반갑다
기쁘다

그리운 정情이다
세상이 바뀌었다

매도罵倒

천둥 번개가
몰아친다
우박이 쏟아진다

자기 잣대로
상대를
매도罵倒한다

시정市井 무뢰배의
가랑이 밑을 태연히 기어간 장군 韓信과
강태공의 십 년 낚싯줄을 본다

세월을 기다리자
매도罵倒의 아픔을
인내로 더불어 산다

의미 없는 독백

삶이란
재미가 있어야 하는데

어쭙잖은
세상살이에

노력하고
달려왔지만

무엇하나
달라지거나

이렇다
미소 지을 게 없다

나만의 공간
나만의 삶

나를 너무 오랫동안
가둬 놓은 게 아닌지

때론 겁이 나고
때론 공허해 하고

실체 없는
존재로움의

모순과 이중성에
만족해하는

그 삶이
가끔은 슬프게 한다

때로는

먹고
마시고
일을 해야 사는가요?

신이 아닌 인간이기에
그리 해야 한다고요?

그게 삶이라고요?
그럼 인간이기를 포기하렵니다

그런 삶은 싫다고요
다 팽개치렵니다

하고 싶은대로 하렵니다
가끔은

나에게
묻습니다

어느 날의 나는

불볕더위 속에
연신 흐르는 땀

산행하는 일행을
부지런히 쫓아간다

미친 짓이다

하산길
얼음장 같은 계곡 물 속

좋아하고 만족하는
순수한 사람

나는
괜찮은 사람

변명

허울 좋은
말장난
차라리
침묵이 아름답다

위로조차
가식인지도
마음이
아프다.

6부

추억
이야기

가을 편지

누나의 수업이 끝나는
시간이 지루해 어린 동생은
고추잠자리를 잡습니다

살금살금 발자국에
빙빙 돌리는 손가락에
고추잠자리는 취해 버렸습니다

누나와 손잡고
학교 언덕을 내려갑니다
코스모스 잎을 누나가 하나 땁니다

동생도 더 큰 꽃잎을 땁니다
두 손가락으로 하늘 높이
코스모스 비행선을 날려 봅니다

날아가는 코스모스 비행접시
아름다운 회전을 하며
하늘 높이 날아갑니다

"누나야"
"오늘도 엄마가 내 편지 받았을까?"
대답 대신 어린 동생 손을 꼭 잡아 줍니다

돌고 돌아 가을이 또 왔습니다
코스모스 꽃잎으로 비행접시를 만들어
하늘로 날리는 재주도 사라져 버렸습니다

흙먼지를 날리며 버스가 다니던
코스모스가 만발했던
신작로도 없어져 버렸습니다

누이와 하늘나라 엄마에게 쓰던
그 가을 편지만큼은
다시 찾아왔으면 좋겠습니다

이 가을에.

영정影幀 사진

작은 서랍장과 침대
병원식 침대가 편하다 하며
애써 밝은 표정을 지으시는
어머니 머리 위에는
예수상과 성모 마리아상이 있고
어머니의 사진이 2개가 걸려있다

환갑 때쯤 찍은 흑백 사진과
80대 초반에 동사무소에서 찍어 준
컬러 사진이 걸려 있다
단단히 포장되어 있는 당신의 수의 위에
20년 시공을 뛰어넘은 영정 사진
늘 요양원에 올 때마다 마음이 아프다

점차 뜸해진 발걸음
밝아진 얼굴의 어머니보다
오랜만에 찾아온 나를 질책하는
영정 사진의 어머니가 슬퍼 보인다
차라리 한 개만 보이면 좋으련만…
말을 건네는 어머니가 고맙다

희망 1

끝까지
버티는 것이
희망

한창
일할 나이
명퇴하란다

잊지 말자
울지 않는 것이
희망임을

사랑하는 아들에게

시험 보는 너보다
아빠 마음이 더 떨리는구나

사회로 나오기 위한
최초의 관문

최고가 아닌
최선을 다하는

노력하는 아들이기에
아빠는 믿는다

침착하게
준비한 만큼

아는 만큼 다 쏟아놓고
시험장을 나오기를 바란다

사랑한다
화이팅!

(2008/11/11 수능 전날 밤에 아빠가)

회자정리 會者定離

영원한 사랑이
없다 하니

영원한 이별도
없겠죠

만나면 헤어짐이
당연한걸

또 만날 부푼 기대를
어찌 탓하리오

추억도
아픔도

먼 훗날의
기억일뿐

만나서 헤어짐에
아파하는 인지상정人之常情.

나의 어머니

외할머니를
닮고자 했습니다
어머니는

아흔이 넘어서도
건강히 있다가
가신 외할머니를 그리워했지요

몇 년 남지 않았는데
이제 어머니는
치매 노인이 되었답니다

자식들 갈등만 키우고
한잠을 못 주무시고
간호사 애를 태웠답니다

더 건강하셨으면 하는
나 혼자만의 생각을
바람에 흩날렸습니다

힘을 내 봅니다
치매 걸렸으면
어떻습니까

당신이 살아계시기에
행복합니다
어머니기에.

작별 인사

조금 전
구급차를 불러

어머니를
고향의 요양원에 모셨어요

마지막 집으로
가는 것을 아시는지

얼굴이
편해 보였습니다

얼마 전 문을 연
요양원답게

모든 시설이 깨끗하고
편해 보인 만큼

내 마음은
갈등을 거듭하고

"이곳이 엄마 집이야"
"친구들하고 잘 지내요"

인사하고
도망치듯 나오는데

흐르는 눈물은
어찌할 수 없네요.

(오래전 집에서 요양원으로 어머니를 모시던 날)

진관사 차茶의 향기

입 안 가득
천년의 향기

가슴 속까지
저미어 온다

내리는 장맛비도,
흐르는 우리 가락도

천 년의
솔잎 향

깊은 맛에
묻혀 버린다

차茶의 깊은 맛이
분위기를 만드는가

아늑한 분위기가
차茶맛을 내는가

차茶의 향을 찾아오는
진관사 나그네들이여

정녕 임들이
이 집주인이 아니런가

차茶의 깊은 맛도
차茶의 향내도

추억까지
감출 수는 없으리

풍경소리에
그리움을 보내는 수밖에.

아빠 마음

새벽 5시
못 일어날까봐
밤을 설치던 아가씨

깨워준다고
큰소리치던
아빠는 늦잠을 자고

서둘러 전화를 하니
무사히 첫 KTX 타고
부산으로 내려가고 있다 하네요

첫 해운대 여름 휴가를
아름다운 추억으로
만들고 돌아오기를…

아가씨 둘이서
생애 처음으로 간
해운대 해수욕장

첫날부터 비가 내려
너무 억울해서
친구 집에 하루 더 있기로

집에서 기다리며
하루 종일 부산을 바라보며
걱정하는지도 모르고.

청계천 세계 등 축제

청계천 물결이
춤을 춘다

그동안의 설움이
한꺼번에 쏟아지듯

신명 나게
놀고 있다

처음 열리는
청계천 세계 등 축제

홍콩 등 축제만큼은
못해도

이만하면
황홀하다

손오공이 날고
용이 솟아오른다

십이 지신이
청계천을 지킨다

많은
외국인 관광객들

고맙고,
반갑고,

춥다.

(청계천에서 처음으로 등 축제가 열리는 날에)

어머니

어찌할 수 없는
치매가 있어도

봉사가 뒤따르는
중풍이 있어도

그래도 오래
살아 계셨으면

자식에게 못할 짓
한다 해도

절대로 돌아가시면
안 된다요

어머니

(2009/2/22 요양원에서 위급 전화를 받고)

어느 날의 당신은

화려하지 않으면서
눈이 부신
당신은

향기도 없으면서
진한 여운으로
나의 온몸을 감싸네요

그렇게
어느 날의 당신은
나에게 다가왔어요

인연이라는
마법의 봉으로
흔적을.

도토리 키 재기

붉다는
한 글자 가지고

서로들 맵시를
뽐내지만

서로 자기도취와
회원 수 자랑에 빠진

인터넷 문학 카페 방들이
오늘따라 짜증나게 하네요

서로
도토리 키재기

선택과 판단은
독자 몫인 것을.

여명黎明

어둑한 새벽입니다
갓 밝음이 시작됩니다

고요함이 좋습니다
활기참이 좋습니다

긴 어둠 터널을 지나
이 시간까지 왔습니다

내 혼란의 끝도
이 시간을 반깁니다

모두에 대한 사랑으로
용서로 끝을 맺습니다

모든 것을 사랑하게 해주는
이 순간이 좋습니다

여명黎明!

날고 싶다

그곳에
그 자리에 있었던
흔적이 없어졌다
아무도 신경 쓰지 않는 자리
술에 취해도
그곳은 내 자리였는데

그 자리가 버거워서
도망치듯
떠난 자리
누굴 원망하겠는가?
세월 탓이고
없는 탓인 것을.

인생

건강을 유난히 챙기던 분이
갑자기 유명을 달리한다

순간의 환경이
이승과 저승을 갈라놓는다

나의 삶과 연관된 인연들
어찌할 수 없는 순간의 사고들

소중했던 인연들과의 작별
가슴이 아프다

신에 귀의한 하모니카 연주자의 '이야기' 엿듣기

최상만[1]

박종학 시인을 만난 것은 '문학과현실작가회'에서였던 것으로 기억한다. 등단한 지는 10여 년이 넘었다고 했다. 그런데 개인 시집을 출간하지 못했다고 했다. 10년 동안 시집을 출간하지 못했다면 상당한 과작의 작가가 아닐까 생각했다.

그런데 박종학 시인은 사이버상에서 상당한 독자층을 갖고 있는 꽤 알려진 시인이라는 사실을 알고 놀랐다. 발문을 부탁받고 한참을 망설였다. 아직 시가 성숙하지 않은 내가 발문을 써도 되는 것인지, 발문을 써서 혹 박종학 시인의 시심에 흠을 주는 것은 아닌지 고민하였다. 그래도 고사만 할 수 없어 박종학 시인의 시를 좀 더 정독하여 독자들에게 박종학 시인의 시 세계를 안내해 주는 독자로서 발문을 승낙하였다.

그리고 원고를 받아 들고, 몇 번인가 박종학 시인의 시를 음미하면서 박종학 시인의 시에서 몇 가지 공통적으로

---

1 시인. 천마 중학교 교감. 한국문인협회회원. 문학과현실작가회 회원. 문학과현실작가회 회장. 방촌문학사 편집위원. 시집 『꽃은 꽃으로 말한다』(2015. 방촌문학사) 외 공저 다수가 있다.

건져지는 것이 있었다. 박종학 시인의 시의 모태는 그의
삶이었고, 그가 귀의한 신이 있었다. 흔히 시를 왜 쓰는가,
시를 써서 무엇하려고 하는가라는 질문에 박종학 시인은
자신의 시로 답하고 있었다.

영혼이 있다면
생生을 마감하고 싶은

예정되어 있었을지도 모를
기나긴 인생人生이란 여행길

울고 웃고
떠들고 침묵하고

사랑하며 아파하며
행복하며 달리는 시간들

나를 위로해주고
지켜주는 또 하나의 나

-'시詩' 전문-

박종학 시인은 '詩'라는 시에서 자신이 왜 시를 쓰는가
에 대한 답을 하고 있다. 기나긴 인생이란 여행길에 - 울
고, 웃고, 사랑하며, 아파하며 달려가는 - 인생길에 자신
을 위로해 주는 것이, 자신을 지켜 주는 또 다른 내가 바

로 '시詩'라고 말하고 있다. 자신을 지탱해 주는 것이 곧 시이고, 자신의 삶 자체가 시인 것이다. 이런 삶이라면 시를 안 쓰고는 배길 수 없을 것이다.

많은 시인들이 왜 시를 쓰냐고 물으면 시는 자기 삶의 일부라고 말하는 것을 자주 들었다. 나는 아직 시가 내 삶의 일부라고 느끼지 못해 많은 사람들의 경지를 이해하기는 어렵지만, 시를 쓰는 일은 분명 자신의 삶에 대한 진실한 표출이고, 자신만의 정서와 감정에 대한 분출이라고 생각한다.

대학에서 시를 쓴다고 어쭙잖게 나다닐 때 시를 강의하시던 교수님이 "그래서 어쨌다는 거야? 그래서 뭐할 건데?"라고 물었을 때, 얼굴 붉히던 그때의 그 물음이 이제는 이해가 되는 것은 시는 분명 시를 쓰는 사람에게나 시를 읽는 사람에게나 지평을 제시해야 한다는 것이다. 시는 그러한 명분이 있어야 한다. 그래야 문학 속으로 들어올 수 있는 것이다.

> 살아갈수록
> 더욱 외로워지는 중년을 보내면서
>
> 아스라이 잊었던 기억들을
> 전생의 연聯줄처럼
>
> 하나하나
> 행운처럼 되찾아 내었는지도 모릅니다

'하모니카'

작아서 너무나 서민적인
들숨 날숨의 호흡에 반해 버린 음률

인생길 내내 함께할 수 있는
삶의 동반자!

친근한 소리로
기쁨은 함께 나누고

슬픔과 외로움을 달래주다가
친구가 되어버린

가끔은,
쉽지 않은 연주에

나 자신에게 화도 내고
때론 게으름도 피워보지만,

그때마다 나를 뒤돌아보게 해 주고
나무라지 않고 받아주는

내 주머니 속의 하모니카
나에게 찾아온

행복한
인생입니다

-'하모니카 사랑' 전문

박종학 시인은 힘들고 어려운 '인생길 내내 함께할 수 있는 삶의 동반자'를 발견한다. 그것이 바로 '하모니카'이다. 슬픔과 외로움을 달래주는 대상이며, 동시에 '행복한 인생' 자체가 되는 것이다. 이러한 전제 아래 시인은 살아갈수록 외로워지는 중년에 하모니카 운율에 고단한 몸을 맡길 수밖에 없는 것이다. 하모니카를 불면 불수록 시인보다 먼저 뜨거워지는 하모니카의 몸 앓이에 취하게 되고, 하모니카가 시인에게는 '은빛 꿈의 날개'가 되고, '천상의 악기'로 다가올 수밖에 없을 것이다. 물질적 가치로서는 이해할 수 없는 것으로 승화될 수 있는 것이다.

　　박종학 시인의 시에 시인의 삶의 일부가 된 하모니카보다도 더 깊이 녹아 있는 것이 시인의 신념이며 믿음인 '종교'이다.

　　　　홀로 된 이 아픔을 잊고 싶다
　　　　용기가 필요한 일인지라
　　　　더욱더 주저하는지도 모른다

　　　　오랜 세월
　　　　긴 방황 끝의 결과가
　　　　그대를 만나기 위한 아픔이었는지

　　　　힘들게 다가온 신앙
　　　　당신이 내게 주는
　　　　진정한 축복일지도 모른다

　　　　　　　　　　　　　　　　　　　-'신앙 2' 전문

시인은 자기 인생의 오랜 방황에서 '당신'을 찾은 것이다. 시인은 "하나님께 기도하며 응답을 받고 그 기대하심에 따라 살아갈 수 있다는 것에 감사하고 행복한 일"이라고 자신이 귀의한 삶을 표현하고 있다.

주님을
바라봅니다

말씀을 듣고
묵상합니다

십자가를 짊어지고
침묵을 택하신 주님

모든 허물과
죄를 대신하신 주님

눈물로
영광과 찬양을 드립니다

사랑합니다
주여!

-'고난주간 특별 새벽 부흥성회' 전문

박종학 시인은 모든 대상을 '기독교적'으로 사유한다. 박종학 시인의 시의 주제 의식은 종교를 바탕으로 형상화된다. 시인은 시인의 삶에 작은 부분까지 기독교적인 사유로

물든다. '부드럽게 넘어가는 자판기 커피 한 잔이 행복임'을 느끼게 되고 '이것도 주님의 은총'으로 인식하게 되는 것이다. 아픔도, '시련도 참사도 모두 신이 세상을 만들었다면 깊은 뜻이 있을 거'라고 믿는다. 박종학 시인은 기독교 사상이 연결고리가 있는 많은 시인들과 맥을 같이 하게 될 것으로 생각한다. 시인의 시선을 따라가 보면 시인의 모든 시의 내면에 흐르는 정신은 다름 아닌 종교적 믿음이다. 개인적인 믿음과 경험이 일반화되어 많은 독자들의 가슴에 울림이 될 수 있을 것이라 믿는다.

다만 시인의 시심이 한쪽으로 치우치지 않기를 바란다. 시인이 넘쳐 나는 현실에, 시가 읽히지 않는 현실 앞에 새로운 도전과 시도가 필요한 이유가 아닐까? 자기반성을 통한 변화와 발전은 자기만의 외로운 싸움에서 이루어질 것으로 생각한다.

또한 '시인의 말'에서 정형화된 시를 쓰는 것을 어쩔 수 없는 성격 탓이라고 말하고 있다. 물론 시는 자기만족의 문학이다. 하지만 독자 없는 시는 시로 존재하기 어려운 것이다. 그렇다면 시가 시로 존재하려면 시는 독자의 가슴 속으로 들어가야 한다고 생각한다. 독자의 지평에 울림을 주어야 한다. 그러기 위해 개인적인 정서가 독자에 대한 공감대로 확산되어야 한다.

박종학 시인도 그것을 인식하고 있었던 것은 아닐까? 그래서 시집 제목을 '또 다른 시선으로'라고 선택했는지도 모를 일이다.

치열하고
험악한 세상

또 다른 시선으로
세상을 엿봅니다

따뜻함이
포근한 마음들이 보입니다

때로는
몰래 보는 시선으로

암상스러운
심술이 없어지고

나 자신이
성숙해집니다

-'또 다른 시선으로' 전문

 그동안의 시를 담아 출판하는 박종학의 시는 이제 독자의 몫으로 남게 되었다. 고독한 시작 활동의 한 획을 긋는 박종학 시인에 첫 시집 출판에 큰 박수를 보낸다. 출항을 준비하고, 대양으로 떠나 이 항구, 저 항구에서 많은 독자들의 마음에 머물기를 바란다. 그리고 박종학 시인 앞에 놓여 있는 시적 대상이 시인 앞에 '또 다른 시선으로' 다가와 남들이 가지 않았던 시심의 길을 가기를 바라는 바이다.